Edgar
Wallace

1

Edgar Wallace

löst das Rätsel

Der unheimliche Pfeifer von Blending Castle

John Gilmoor

kibu

Edgar Wallace löst das Rätsel

Der Spuk in der Vollmondnacht

„Baines!“ Der grauhaarige Mann im dezent gemusterten Satin-Schlafrock rückte näher an den Kamin.

„Sehr wohl, Sir?“ Der Butler näherte sich lautlos von der Tür und verbeugte sich leicht.

„Noch einen Whisky, Baines.“

„Sehr wohl, Mylord.“ Der Butler trat zu einem fahrbaren Bartischchen und schenkte den alten Malt-Whisky in ein schweres Kristallglas. Auf einem silbernen Tablett trug er es zum Kamin.

Das Feuer knisterte und knackte. Harzknoten zersprangen funkensprühend in der Glut. Die Flammen spiegelten sich in der bernsteinfarbenen Flüssigkeit im Glas.

„Sie können zu Bett gehen, Baines.“

„Vielen Dank, Mylord.“ Der Butler verbeugte sich und zog sich zurück. Jeffries Gladstone, der siebzehnte Lord of Blending, lehnte sich entspannt zurück und nippte an seinem Whisky. Auf einem runden Intarsientisch neben ihm brannte eine Petroleumlampe in elegantem Jugendstil. Ihr Licht fiel auf ein schmales, streng geschnittenes Gesicht mit energisch vorspringender Nase und einem schmallippigen Mund. Lord Blending war fast siebzig, aber seine hohe, magere, asketische Gestalt ließ ungebrochene Spannkraft erkennen. Er trug sein graues Haar straff zurückgekämmt, was seinen aristokratisch geformten Kopf unterstrich. Die Wärme des Kaminfeuers hüllte ihn ein, und er genoß den rauchigen Geschmack des Whiskys.

Seit dem Nachmittag zog ein heftiger Sturm über die

grünen Hügel von Middleton. Er rauschte in den nahen Wäldern jenseits des Cherwell-Flusses, zerrte an den Wipfeln der mächtigen alten Eichen vor Blending Castle und rüttelte an den Scheiben. Ab und zu schwoll er an und fuhr heulend in den Kamin, daß die Flammen hochauflоderten.

Lord Blending war allein, wie meist um diese Stunde. Es war ihm die liebste Zeit des Tages, wenn das Personal schlief und die einzigen Geräusche, die das Schloß erfüllten, das geheimnisvolle Knistern und Knarren der alten Balken und Dielen waren. Diese Laute waren ihm so vertraut wie seine eigene Stimme. Das alte Schloß war ein Teil von ihm selbst; in ihm wohnte die Seele seiner Familie. Es war angefüllt mit Erinnerungen, die ihm heute, am Abend seines langen Lebens, lieber waren als die Ereignisse der Gegenwart. Wenn er den Kopf wandte, konnte er seine Blicke über die Bilder seiner Vorfahren wandern lassen, die die holzgetäfelten Wände beiderseits der Tür zierten.

Die riesige Standuhr hinter ihm begann zu schlagen. Lord Blending zählte unwillkürlich mit: Mitternacht. Er setzte das Glas ab. Jaulend wie ein gefangener Wolf tobte der Sturm im Kamin. Lord Blending erhob sich und trat an eines der Fenster.

Bizarr geformte Wolkenfetzen jagten über den Himmel. Gerade trat die Mondscheibe hinter einer düsteren Wand hervor und tauchte die nächtliche Wald- und Hügellandschaft in bleiches Licht.

In diesem Moment durchdrang das Schloß ein Ton, der dem Lord bis ins Mark fuhr.

Irritiert wandte er den Kopf zum Kamin. Doch es war

nicht der Sturm, der diesen Laut hervorgerufen hatte. Der Ton hatte sogar den Wind übertönt. Da war er wieder: Ein langgezogener, greller, quietschender und doch eigenartig melodiöser Laut, der aus einer anderen Welt zu kommen schien und vibrierend durch das alte Gemäuer zog.

Lord Blending fühlte eine fremde Kälte in sich hochkriechen. Wie an Fäden gezogen setzte er sich in Bewegung und ging zur Tür. Er öffnete sie und trat in die große Halle hinaus, deren Wände mit zahllosen Hieb- und Stichwaffen, altertümlichen Gewehren und Pistolen und weiteren Gemälden geschmückt waren.

Wie gebannt blieb er hier stehen und lauschte den an- und abschwellenden Tönen, diesen kreischenden Pfeiflauten, die sich zu einer eigenwilligen, furchterregenden Melodie zusammenfügten.

Ein Dudelsack! Lord Blending fühlte, wie seine Kehle sich verengte. Mit steifen Bewegungen durchschritt er die Halle, hastete eine Treppe hinauf, durcheilte ein wenig benutztes Musikzimmer und riß die Flügeltüren zum Balkon auf.

Der Sturm fuhr mit Wucht herein und riß seinen Schlafrock auseinander. Lord Blending raffte ihn zusammen, zog sich den Rock fester um die Schultern und trat auf den Balkon. Er hob den Kopf und spähte zu den Zinnen des Westflügels hoch. Deutlich zeichneten sich vor dem silbrigen Mond die Umrisse des Schottischen Turms ab, des höchsten Bauwerks von Blending Castle.

Hoch oben auf der Plattform stand eine Gestalt, ein unwirklich scheinender Schattenriß, ein Mann in einem Kilt, der einen Dudelsack blies. Reglos stand er da und spielte gegen den Sturm an, und die wilden, grellen Melodien des Dudelsacks waren stärker als das Unwetter.

„Oh, nein“, flüsterte der alte Mann. Der Wind zauste sein graues Haar. Er erschrak, als eine Gestalt in der Balkontür auftauchte: Margaret, seine Tochter.

„Vater, was ist passiert?“ Sie trat hinaus, gerade rechtzeitig, um ihn zu stützen, denn er begann zu schwanken. Auch sie sah die Silhouette des Pfeifers. Dann brach das Kreischen des Dudelsacks jäh ab. Eine schwarze Wolkenwand schob sich vor den Mond. Als er wieder durchdrang, war die Gestalt auf der Turmplattform verschwunden.

Lord Blending starrte seine Tochter an, ohne sie wirklich zu sehen. Er war kreidebleich. „Der Fluch“, flüsterte er. Erneut klaffte sein Schlafrock unter dem Ansturm des Windes auseinander. Sie führte ihn ins Zimmer, schloß die Balkontüren und drückte einen Klingelknopf, während Lord Blending in einen Sessel sank. Wenig später trat der Butler ein.

„Wo befindet sich das Personal, Baines?“ Lady Margarets Stimme klang scharf. „Wer hat sich diesen makabren Scherz erlaubt?“

„Ich verstehe Mylady nicht.“ Der Butler wirkte sichtlich verstört. „Ich habe die Köchin und die Zimmermädchen gerade auf dem Gang getroffen. Sie sind von der Musik wach geworden, ich selbst hatte noch nicht geschlafen. Wir sind alle sehr erschrocken, Mylady.“ Er wandte sich Lord Blending zu. „Ist Ihnen nicht gut, Mylord?“

„Es ist alles in Ordnung, Baines.“ Lady Margaret zog

fröstelnd die Schultern hoch. „Helfen Sie mir, Lord Blending auf sein Zimmer zu bringen."

Lord Blending richtete sich unsicher auf. Er sprach kein Wort. Er wankte zur Tür, bis Baines neben ihn trat und ihn stützte.

„Ich rufe sofort Dr. Shavers", sagte seine Tochter.

„Nein!" Lord Blendings Stimme bebte leicht und trug einen Anflug von Panik in sich. „Auf keinen Fall. Es – es hat damit nichts . . . Es darf niemand, der nicht zur Familie gehört . . ." Er beendete den Satz nicht. Er bewegte tonlos die Lippen, als Baines ihn hinausführte.

Ein Fremder kommt

Dicke Schwaden von Pfeifen- und Zigarettenrauch durchzogen die niedrige Gaststube des „Black Horse" am Rand von Middleton. Die Mittagsstunde war vorüber, und nach und nach leerte sich der Schankraum von den Landarbeitern, die auf eine kurze Pause hereingekommen, ihr Ale getrunken und den neuesten Klatsch ausgetauscht hatten.

Niemand hatte den kleinen, rundlichen Mann am hintersten Tisch beachtet, der soeben mit großem Appetit ein knuspriges Hammelkotelett verspeist hatte, das Besteck auf den Teller legte und sich mit einer Serviette sorgfältig das Fett vom Mund tupfte. Er machte einen zufriedenen Eindruck. Unauffällig hatte er vor knapp einer Stunde das „Black Horse" betreten, an der Theke sein Mittagessen bestellt und sich dann nicht mehr gemeldet. Fast schien es so, als habe der Wirt den Mann im abgetragenen Tweedanzug vergessen. Jetzt hob er die rechte Hand und rief zur Theke: „Ich möchte zahlen!"

Eine Kellnerin, die gerade damit beschäftigt war, die vielen leeren Biergläser von den anderen Tischen einzusammeln, beachtete ihn nicht. Der Wirt, ein großer beleibter Mann mit rotem, schwitzendem Gesicht, näherte sich mit watschelnden Schritten und musterte den Gast neugierig.

„Hat es geschmeckt, Sir?"

„Ausgezeichnet." Der Gast strich sich über seinen sorgfältig gestutzten Seehundsschnauzbart und lehnte sich zurück. „Ich muß sagen, das war das beste Hammelkotelett, das ich außerhalb Londons je gegessen habe."

„Sie kommen aus London, Sir?"

„Ja." Der rundliche Mann nickte. „Wie komme ich auf dem kürzesten Weg zum Schloß?"

„Nach Blending Castle?" Der Blick des Wirts wurde noch neugieriger, seine Stimme senkte sich verschwörerisch. „Sie sind fremd hier, Sir? Sie kennen das Schloß nicht? Haben Sie dort zu tun?"

„Geschäftlich", antwortete der Mann knapp.

„Dann haben Sie noch nichts von den Vorfällen auf Blending Castle gehört?"

„Vorfälle?"

„Nun, das Auftreten des Pfeifers, Sir."

„Ich verstehe nicht ganz?"

„Ein Fluch, Sir." Der Wirt beugte sich tiefer und sprach noch leiser. „Er liegt lange zurück. Genaues wissen wir nicht, aber auf dem großen Turm von Blending Castle ist ein

Dudelsackpfeifer gesehen worden, und seitdem geht es dem alten Lord schlecht."

„Das hört sich ja ganz unglaublich an", sagte der Fremde.

„Das ist es auch, Sir. Ich bin ein Mann, der mit beiden Beinen fest auf der Erde steht. Natürlich kenne ich die vielen Geschichten, die überall auf dem Lande erzählt werden. Es gibt hier kaum einen Farmarbeiter, der nicht irgendwann einmal in seinem Leben auf dem Friedhof oder bei den Ruinen der alten Kapelle vor dem Ort oder in der Nähe des Schlosses einen Geist gesehen haben will. Meistens war es dunkel, es war stürmisch, oder es herrschte Nebel, und die Männer waren nicht ganz nüchtern, die das erzählt haben." Er machte eine heftige, wegwerfende Handbewegung. „Ammenmärchen, Sir! Ich bin nicht abergläubisch. Aber mit dem Pfeifer von Blending Castle ist es etwas anderes, obwohl ich auch daran nie geglaubt habe. Mein Großvater hat manchmal davon gesprochen – aber alte Leute erzählen viele Geschichten."

„Nun, ich glaube auch nicht an solche Geschichten", sagte der Fremde. „Über jedes alte Haus im Land sind solche Erzählungen im Umlauf. Aber Sie sagen, der Lord sei seitdem krank?"

„Man hat ihn seit fast vier Wochen nicht mehr gesehen." Der Wirt runzelte die Stirn. „Ein strenger Mann, der alte Lord Blending. Die Farmarbeiter mögen ihn. Er ist gerecht und hat trotz seiner Jahre die Verwaltung der Ländereien fest im Griff. In den letzten Jahren ist ihm seine Tochter, Lady Margaret, sehr zur Hand gegangen. Eine feine Dame. Und klug. Mit seinen Söhnen hat er ja Pech gehabt, aber ..."

Der Wirt unterbrach sich. Es schien ihm bewußt zu werden, daß er zu einem Fremden sprach. „Wenn Sie wirklich auf das Schloß wollen, Sir", fuhr er geschäftsmäßig fort, „nehmen Sie am besten die nördliche Abzweigung von der Hauptstraße gleich hinter dem Ort. Sie fahren über eine Brücke des Cherwell River und können das Schloß bereits sehen."

„Ich danke Ihnen." Der Gast nickte freundlich. Der Wirt betrachtete ihn unsicher, während der Mann bezahlte. Hatte er zuviel geredet? Beruhigt kehrte er zur Theke zurück. Der Mann machte einen harmlosen, etwas phlegmatischen Eindruck, nicht sonderlich klug, eher etwas einfältig.

Der Gast erhob sich und grüßte freundlich, als er hinausging. Nachdenklich blickte er die schmale Hauptstraße des verschlafenen kleinen Ortes hinunter. Aus den Vorgärten der kleinen, schiefer- und schindelgedeckten Häuser stieg der Duft von Lavendel und Thymian.

Der Mann bestieg den klapprigen, staubbedeckten Sunbeam-Roadster, nachdem er keuchend mit einer Kurbel den Motor angeworfen hatte. Das Getriebe knatterte und knirschte, als er die Straße hinunterfuhr und die letzten Häuser passierte. Der Auspuff knallte und spuckte, und der Mann wurde in dem schlecht gefederten Fahrzeug hin und her geschüttelt. Ein Heuwagen rollte an ihm vorbei, die Pferde davor scheuten und wieherten erschrocken, während der kleine Wagen auf die Cherwell-Brücke zufuhr.

Blending Castle, im 15. Jahrhundert erbaut, 1640 niedergebrannt und neu errichtet und seitdem immer wieder instandgesetzt und modernisiert, war ein beeindruckendes Bauwerk. Es beherrschte die Landschaft nördlich des Cherwell-Flusses. Umgeben von sanften Hügeln, ausgedehnten Schafweiden, wogenden Weizenfeldern und tiefgrünen Wäldern lag das Schloß auf einer Anhöhe. Es bestand aus einem wuchtigen Mittelteil mit Erkern und Zinnen, einem West- und einem Ostflügel, die später angebaut worden waren, und abseits gelegenen Ställen und Gesindehäusern.

Knatternd rollte das klapprige Automobil auf den Schloßhof. Der kleine rundliche Mann stieg aus und steuerte mit einer Reisetasche in der Hand die breite, von zwei Steinlöwen bewachte Freitreppe an. Ein Gärtner und zwei Stallknechte beobachteten ihn. Er ließ den schweren Türklopfer gegen das Eichenportal fallen und wartete, bis geöffnet wurde.

Ein Butler stand dem Besucher gegenüber: Hochgewachsen, kräftig, ein maskenhaftes Gesicht, das keine Empfindungen zeigte und durch einen dunklen, sauber gestutzten Vollbart noch abweisender wirkte. Er trug einen korrekt sitzenden Schwalbenschwanzrock und einen frisch gestärkten Stehkragen.

„Mein Name ist Ebenezer Pommery“, sagte der Besucher. „Bitte melden Sie mich bei Lady Margaret.“

„Werden Sie erwartet, Sir?“ Der Butler ließ seine Blicke unauffällig-prüfend über die rundliche Gestalt gleiten und registrierte die abgewetzten Stellen am Tweedanzug des Besuchers.

„In der Tat“, erwiderte der Mann. „Sind Sie Baines?“

Der Butler zog erstaunt die Augenbrauen hoch. „Sie

kennen mich, Sir?“ Er ließ den Fremden eintreten. Pommery schaute sich interessiert in der geräumigen, hohen Halle um.

„Lady Margaret sagte mir, daß Sie der Butler der Familie sind und ich mich an Sie wenden könne, wenn ich einen Wunsch hätte. Ich werde einige Tage bleiben.“

„Lady Margaret hat mir nichts von einem Besuch gesagt.“ Der Butler unterdrückte mühsam jedes Anzeichen dafür, daß er beleidigt war. „Ich werde Sie melden, Sir.“

Pommery stellte seine Reisetasche ab und schlenderte durch die Halle. Er blieb vor einer matt schimmernden Rüstung stehen und betrachtete eingehend das Familienwappen derer von Blending, das einen Adlerkopf, einen Pflug und eine gebrochene Lilie zeigte.

Auf der breiten Treppe hinter ihm knarrten die Stufen. Pommery wandte sich um und sah eine große schlanke Frau mit einer Pagenfrisur herunterkommen. Sie trug ein schlicht geschnittenes dunkelgrünes Kleid mit einem einzigen Schmuckstück, einer Diamantbrosche, deren Wert Pommery auf wenigstens fünftausend Pfund schätzte.

„Ich freue mich, daß Sie da sind, Mr. Pommery.“ Lady Margaret besaß eine natürliche Würde, die weder geziert noch anmaßend wirkte.

Pommery war angenehm überrascht. Seinen scharfen Augen entging jedoch nicht, daß die junge Frau von einer Unruhe ergriffen war, die sie nur mühsam verbergen konnte.

„Bringen Sie das Gepäck von Mr. Pommery in das blaue Zimmer, Baines“, sagte sie. Zu Pommery gewandt erklärte sie: „Ich habe völlig vergessen, Baines über Ihr Kommen zu informieren. Es ist im Moment so viel für mich zu tun, weil ich die Verwaltung der Ländereien übernehmen mußte."

Der Butler gab durch nichts zu erkennen, ob er mit dieser Erklärung einverstanden war. Sein Gesicht ließ allerdings keinen Zweifel daran, daß er die abgewetzte Reisetasche des Besuchers für wenig beeindruckend hielt.

„Er ist perfekt", sagte Lady Margaret, als Baines die Treppe hinaufgegangen war. „Aber er benimmt sich manchmal gräflicher als ein echter Graf." Sie senkte die Stimme und fuhr fort: „Niemand im Haus weiß, wer Sie wirklich sind, Inspektor. Ich habe Baines gesagt, daß Sie an einem Buch über die Architektur englischer Schlösser arbeiten und hier sind, um Blending Castle zu besichtigen."

„Ich hoffe, daß niemand auf die Idee kommt, meine architektonischen Kenntnisse zu überprüfen", antwortete Pommery. „Ich fürchte, ich könnte nicht einmal die statische Festigkeit eines Hundezwingers berechnen."

„Ich glaube nicht, daß irgend jemand vermuten wird, daß Sie Inspektor bei Scotland Yard sind."

Lady Margaret führte Pommery in ein großes Kaminzimmer mit holzgetäfelten Wänden. „Dienstboten pflegen nicht zu fragen, und andere Menschen glauben meistens unbesehen das, was man ihnen sagt."

„Da haben Sie durchaus recht, Lady Margaret. Zumindest wird niemand sich darüber wundern, wenn ich mich ausgiebig im Schloß umsehe. Sind das Ihre Vorfahren?" Pommery deutete auf die Bilder an den Wänden, die ehrwürdige Männer, teilweise in altertümlicher Tracht, zeigten.

„Das sind die verblichenen Lords of Blending", bestätigte sie. „In diesem Raum war mein Vater, als er den Pfeifer hörte. Er stürmte ins Musikzimmer im ersten Stock, das einen Balkon hat, und von dort aus sah er die Gestalt." Sie war sehr ernst und zog unwillkürlich die Schultern hoch. „Ich habe sie auch gesehen, obwohl ich mir immer noch einzureden versuche, daß es eine Sinnestäuschung war, eine merkwürdig geformte Wolke, die sich vor den Mond geschoben hat. Es war ein heftiger Sturm in jener Nacht, müssen Sie wissen."

„Ich weiß nicht, was Sie gesehen haben", sagte Pommery. „Aber die Folgen sind immerhin eindeutig: Es geht Ihrem Vater schlecht. Deswegen haben Sie mich kommen lassen."

Sie musterte ihn prüfend: „Wahrscheinlich glauben Sie, es wäre besser, einen Arzt zu rufen und Beruhigungsmittel zu verteilen?"

„Durchaus nicht, Lady Margaret. Es wäre nicht das erstemal, daß ein Verbrechen in der Weise verübt wird, daß die Opfer in panische Angst versetzt werden, so daß ihr Ende schließlich ganz natürlich erscheint. Was veranlaßt Sie, an ein Verbrechen zu glauben?"

Er stellte die Frage unvermittelt und behielt die Frau fest im Auge.

„Ich glaube nicht an Geister", antwortete sie. „Ich bin überrascht, wie mein Vater reagiert hat. Er ist ebenfalls ein Mensch ohne Aberglauben. Aber seit jener Nacht geht es ihm täglich schlechter. Er ist bereits kaum mehr in der Lage aufzustehen. Und er lehnt jede ärztliche Hilfe ab. Bald fange ich auch an, den Fluch ernstzunehmen."

„Was hat es mit diesem Fluch auf sich?“

„Mitte des 18. Jahrhunderts versteckte sich ein Angehöriger des schottischen Zweigs unserer Familie in diesem Schloß“, erklärte sie. „Er war ein Hochlandrebell, der gegen die Krone gekämpft hatte und gesucht wurde. Der damalige Lord of Blending war ein ehrgeiziger Mann, der Mitglied des Kronrats werden wollte. Er verriet seinen Vetter. Als die königlichen Soldaten kamen, stürzte der sich vom Turm des Westflügels zu Tode, nachdem er sich dort verschanzt und gegen die Soldaten, die den Turm stürmen wollten, gekämpft hatte. Vorher hat er die Blendings verflucht.“

„Eine interessante Geschichte.“

„Nicht wahr? Seitdem geht die Legende um, daß der Herr von Blending Castle sterben muß, wenn dreimal hintereinander in Vollmondnächten ein Dudelsackpfeifer auf dem Westturm erscheint. Der Turm wird übrigens seitdem nur der Schottische Turm genannt.“ Sie führte, während sie sprach, Pommery in die imponierende Bibliothek und blieb vor einem der bis zur Decke reichenden Regale stehen. „Hier irgendwo finden Sie die Geschichte des Schlosses. Die Pfeifer-Legende ist darin enthalten.“ Sie zuckte mit den Schultern. „Mehr kann ich Ihnen nicht sagen.“

„Wer alles kennt diese Legende?“

„Nun, bis zu jenem Tag haben, nehme ich an, nur ein paar alte Leute in Middleton davon gewußt. Auch unter dem Personal hat es wohl nur wenige gegeben, die davon gehört haben. Inzwischen spricht die ganze Grafschaft davon.“

„Und Ihr Vater? Hatte er schon einmal so ein – äh – Erlebnis?“

„Absolut nicht. Er ist ein Realist. Er hat diese Geschichte nie ernst genommen. Wenn Sie ihn gekannt hätten ... Er sah zehn Jahre jünger aus, war energisch und tatkräftig. Inzwischen verfällt er geradezu."

„Werde ich mit ihm sprechen können?"

„Versprechen kann ich nichts. Er darf auf keinen Fall wissen, wer Sie sind. Wahrscheinlich aber wird er nicht ansprechbar sein."

Sie führte Inspektor Pommery zur Galerie hinauf und zeigte ihm sein Zimmer, bevor sie in ihr Arbeitszimmer im Ostflügel verschwand.

Pommery blieb einen Moment auf dem Gang stehen und ließ die Atmosphäre des Hauses auf sich wirken. Über allem lag ein Hauch von Ewigkeit, von Ehrwürdigkeit und Geheimnis. Als Pommery sein Zimmer betrat, sah er, daß Baines seine Tasche neben das breite Himmelbett gestellt hatte. Pommery schob eine Zigarette in eine silberne Spitze, klemmte sie zwischen die Zähne und zündete sie an. Nachdenklich öffnete er seine Tasche. Obenauf lagen zwei Bücher, die er während seines Hierseins lesen wollte, doch er war fast sicher, daß er nicht dazu kommen würde. Er seufzte, als er den Schriftzug „Edgar Wallace" las.

„Wenn Wallace hier wäre – der wüßte sofort, was hier nicht stimmt", murmelte er, während er auspackte. „Ich bin ja nur ein kleiner Kriminalinspektor."

„Fürchten Sie sich eigentlich, Baines?" fragte Pommery. Er stand auf einer Leiter in der Bibliothek und tat so, als suche er nach alten Folianten. Baines staubte die bunten

Staffordshire-Figuren auf den Kommoden und Simsen ab.

„Warum sollte ich, Sir?“ erwiderte er.

„Nach allem, was über dieses Schloß geredet wird ...“

„Ich gebe nichts auf Gerede, Sir. Meine Stellung verlangt Diskretion und Loyalität.“

„Sehr lobenswert. Sind Sie schon lange auf Blending Castle?“

„Ein halbes Jahr, Sir. Lord Blending hat mich über eine Personalagentur aus London angefordert und war zufrieden mit mir. Daher hat er mich behalten.“

„Das muß sehr befriedigend für Sie sein, daß Ihre Arbeit so anerkannt wird“, sagte Pommery. Er blätterte gedankenverloren in einem staubigen Buch. Er wirkte zerstreut und fragte eher beiläufig: „Die Familie ist wohl sehr vermögend?“

„Ich denke schon.“

„Wenn der alte Lord stirbt, sind seine Kinder gut versorgt?“

„Das ist anzunehmen. Ich habe keine genauen Kenntnisse darüber.“

„Im Ort wird von den Söhnen seiner Lordschaft gesprochen.“

„Sie sind selten hier“, antwortete der Butler. „Sir Alfred lebt in London. Er ist der Ältere. Sir Stanley ist Captain in der Armee Seiner Majestät.“

„Demnach wäre Sir Alfred der Erbe des Titels. Sind seine Verhältnisse ...“

„Sir, ich glaube, Ihre Fragen gehen sehr weit.“

„Ich bitte um Entschuldigung – eine Schwäche von mir.

Mich interessieren nicht nur die alten Schlösser, sondern auch die Geschichten der Familien." Pommery stieg von der Leiter und bot Baines eine Zigarette an. Der Butler zögerte, überwand seinen Stolz und griff zu.

„Was halten Sie von dem Spuk, Baines?"

„Ich habe dazu keine Meinung, Sir. Ich habe nichts gesehen, ich habe lediglich den Dudelsack gehört. Das Personal ist seitdem sehr verschreckt. Eine unangenehme Geschichte. Wir hoffen, daß Lord Blending bald wieder gesund wird."

Das Pochen des Türklopfers dröhnte durch das Haus. Baines verließ die Bibliothek, um zu öffnen. Pommery folgte und sah, daß ein magerer Mann in abgetragenem Mantel mit einer schwarzen Tasche vor der Tür stand.

„Nein, Dr. Shaver", hörte Pommery Baines sagen. „Es tut mir sehr leid. Lord Blending lehnt jede Behandlung ab, nach wie vor. Lady Margaret hat seine Meinung bislang nicht ändern können."

Der magere Mann lüftete seinen steifen Hut und ging. Baines schloß die Tür. Pommery eilte in die Bibliothek zurück. Nachdenklich zog er einen Band mit Bauplänen aus einem Regal und blätterte darin, während er sich zu merken versuchte, was er gehört hatte. Bis ihm auffiel, daß mehrere Pläne fehlten. Er blätterte noch einmal aufmerksam nach, aber es stimmte: Einige der alten Baupläne waren säuberlich herausgetrennt worden.

„Haben Sie gefunden, was Sie gesucht haben?" fragte Sir Alfred Gladstone, der älteste Sohn des Lords. Pommery hatte ihn erst beim Abendessen kennengelernt. Er befand sich seit drei Tagen auf Blending Castle. Er war aus London gekommen, nachdem Lady Margaret ihm mitgeteilt hatte, daß es ihrem Vater sehr schlecht gehe. Pommery hatte nicht den Eindruck, als ob Sir Alfred besonders bedrückt darüber sei.

Er war hochgewachsen und schlank wie seine Schwester. Sein Gesicht war schmal geschnitten und trug die deutlichen Spuren eines unregelmäßigen Lebenswandels. Er behandelte Ebenezer Pommery mit nasaler Herablassung.

„Ich bin sehr zufrieden", erklärte Pommery.

„So? Na, ich weiß nicht, was Sie an diesem alten Kasten finden. Wenn es nach mir ginge, würde hier alles umgebaut." Sir Alfred sog an einer teuren Zigarre. Er schlenderte durch das Kaminzimmer und vollführte eine ausladende Handbewegung. „Alles Muff, mein Lieber. Wurmstichig, morsch. Aber meine kleine Schwester hält auf Tradition." Er betonte das Wort verächtlich. „Als ob das heute noch zählte. Mir bleibt die Hoffnung, daß hier alles einmal von allein zusammenbricht."

„Nun, irgendwann werden Sie doch selbst Lord of Blending sein", warf Pommery ein. Sir Alfred winkte ab: „Wie ich meinen ehrenwerten Vater kenne, hat er in seinem Testament Klauseln stehen, die es mir verbieten, hier etwas zu verändern. Dafür hat Margaret schon gesorgt."

Lady Margaret saß am Kamin. Sie schwieg, und sie sah unglücklich aus.

„Wie geht es Ihrem Vater heute?" fragte Pommery.

„Er hat sich wieder erbrochen. Er magert immer mehr ab.

Er hat Fieber, und manchmal ist sein Geist verwirrt.“ Sie wandte sich ihrem Bruder zu. „Es würde ihm helfen, wenn er wüßte, daß du dich in seinem Sinn um den Besitz kümmern würdest.“

„Was ich sage, zählt hier ja doch nicht“, antwortete Sir Alfred heftig. Er blickte seine Schwester auf eine Weise an, daß Pommery einen dumpfen Druck im Leib spürte. „Du bist doch die Tüchtige, die Kluge, Vaters rechte Hand. Du brauchst gar nichts zu sagen: Ich weiß, daß ich mit der Verwaltung der Ländereien nicht zurechtkäme. Und warum? Weil Vater mich immer davon ferngehalten hat, aus Angst, ich könnte etwas falsch machen. Bloß weil ich als Kind nicht so war, wie er mich gern haben wollte.“ Er schien einen Augenblick vergessen zu haben, daß Pommery dabei war. Er warf ihm einen Blick zu und sagte: „Ich nehme an, es wird andere Gelegenheiten geben, darüber zu reden. Ich gehe zu Bett. Gute Nacht, Mr. Pommery.“ Er nickte seiner Schwester stumm zu und ging hinaus.

„Alfred ist verbittert“, sagte sie. „Er ist sehr jung in schlechte Gesellschaft geraten und hat zu spielen angefangen. Er hat einmal Vaters Lieblingspferd versetzt, um an Geld zu kommen. Seitdem hat Vater ihn von der Verwaltung des Besitzes ausgeschlossen. Das war nicht richtig, aber Vater war unerbittlich, und Alfred hat nie versucht, sich mit ihm zu versöhnen.“

„Und Sir Stanley?“ fragte Pommery.

„Er hatte nie Interesse an Blending Castle. Er ist Offizier und erhält monatlich einen Zuschuß zu seinem Sold. Er ist damit zufrieden. Eines Tages wird Alfred Lord of Blending sein, und ich fürchte, dann wird hier vieles anders werden." Lady Margaret blickte versonnen ins Kaminfeuer. „Ich hoffe sehr, daß mein Vater wieder gesund wird."

„Heute nacht ist wieder Vollmond", sagte Inspektor Pommery vom Fenster her. Er schaute über die düstere Landschaft, der das bleiche Mondlicht harte, drohende Konturen verlieh. Der Fluß glitzerte wie ein silbernes Band.

„Hier könnte ich auch an Geister glauben", murmelte Pommery. Er nahm einen tiefen Zug an seiner Zigarette. Unvermittelt drehte er sich um. „Erzählen Sie mir mehr über die Bewohner des Hauses und Ihren Vater, Lady Margaret." Pommery trat zum Kamin und sah zu, wie sie sich einen Sherry einschenkte.

In diesem Moment durchdrang ein leiser, aber unüberhörbarer und ständig anschwellender Ton, der jeden Nerv zum Vibrieren brachte, das alte Gemäuer, füllte die Räume und Gänge des Schlosses und breitete sich, jedes andere Geräusch erstickend, über dem Anwesen aus.

Lady Margaret ließ ihr Glas fallen. Es zerbrach klirrend auf dem Bartischchen. Sie wurde kreidebleich. Pommery sauste mit erstaunlicher Behendigkeit zur Tür und stürmte auf die Galerie hoch. Lady Margaret folgte ihm. Hier klang das schrille Kreischen des Dudelsacks noch gespenstischer.

Gemeinsam eilten Pommery und Lady Margaret ins Musikzimmer und traten auf den Balkon. Da sah Pommery ihn: Er stand wie ein Scherenschnitt im gleißenden Mondlicht. Ein Mann in einem Kilt, hoch oben auf der Plattform des Westturms. Die schauerliche Melodie hallte weit über die nächtliche Landschaft. Überall in den Gesindehäusern gingen Lichter an. Lady Margaret schwankte. Pommery stützte sie.

„Wie kommt man auf den Turm?“ schrie er sie an.

„Am Ende des Westflügels befindet sich eine Treppe ...“ Er ließ sie los und stürzte zurück auf die Galerie. Hier sah er zwei verschreckte Zimmermädchen. Er rannte an ihnen vorbei. Irgendwo im Haus ertönte die dröhnende Stimme von Sir Alfred: „Was zum Teufel, ist hier eigentlich los? Baines! Wo stecken Sie, Baines?“

Pommery durchquerte einen Saal mit kahlen Wänden und gelangte in den Westflügel. Die heulende Melodie des Dudelsacks wurde immer lauter und durchdringender. Ein kalter Schauer lief ihm über den Rücken, denn es klang, als komme der schreckliche Ton aus dem Innern des Bodens. Die Gewölbe erbebten – und dann brach der Lärm genauso unvermittelt ab, wie er begonnen hatte. Die Stille, die jetzt eintrat, war nicht weniger gespenstisch und unwirklich als der Lärm. Pommery dröhnte das Klappern seiner eigenen Schritte in den Ohren. Er erreichte die Treppe, von der Lady Margaret gesprochen hatte – aber die Tür zum Turm war verriegelt. Ein eisiger Hauch drang durch die Ritzen herein. Pommery preßte sein rechtes Ohr gegen das Holz und lauschte. Alles blieb still.

Er kehrte um. Wenn er die Erscheinung nicht mit eigenen Augen gesehen hätte, hätte er es nicht geglaubt: Es gab den Pfeifer von Blending Castle. Den Geist des verratenen Schotten, der sich vom Westturm in den Tod gestürzt hatte. Den Geist ...?

Gedanken an Erzählungen seines Lieblingsschriftstellers

Edgar Wallace durchzuckten Pommery. Er hielt Wallace für einen der größten Kriminalisten seiner Zeit. Auch er hatte viele seltsame Erscheinungen beschrieben – Geister gab es nicht. Es gab für alles eine Erklärung.

Als Pommery die Galerie erreichte, sah er einen alten, gebeugten, grauhaarigen Mann, dem ein viel zu weiter Schlafrock um die gekrümmte, magere Gestalt schlotterte. Er bebte am ganzen Leib und stieß heisere Rufe aus, die Pommery nicht verstand, weil alles durcheinander schrie: die Dienstmädchen, die dicke Köchin, die in viktorianischer Nachtmütze und einem wallenden Nachthemd eine erschreckende Erscheinung bot, der Stallmeister, der von draußen hereingekommen war, und Sir Alfred, während Lady Margaret ihren Vater stützte.

Die Haut von Lord Blending schimmerte gelblich-krank und wies dunkle Flecke auf. Sie spannte sich wie dünnes Pergament über seinen Knochen.

„Der Fluch“, verstand Pommery jetzt. „Das zweitemal . . . Es ist wie in der alten Legende . . .“

Mit würdiger Ruhe näherte sich Baines, der Butler.

„Kommen Sie, Sir, beruhigen Sie sich.“ Er umfaßte die schmächtige Gestalt des Lords und führte ihn in sein Zimmer zurück.

„Gräflicher als ein echter Graf“, durchzuckte es Pommery. Gegen seinen Willen mußte er schmunzeln. Als er Lady Margaret sah, wurde er sofort wieder ernst.

„Abreißen!“ schrie Sir Alfred in diesem Moment. „Den alten Kasten einfach schleifen! Zum Teufel damit und mit den alten Geschichten!“

„Kommen Sie, Lady Margaret." Pommery bot ihr seinen Arm und geleitete sie ins Kaminzimmer, wo sie sich in einem Sessel niederließ. Er schenkte ihr einen Sherry ein. Wenig später tauchte Baines auf und wischte den verschütteten Sherry und die Scherben des zerbrochenen Glases auf.

„Lord Blending liegt wieder im Bett", meldete er. „Er ist sehr aufgeregt und verlangt nach Ihnen, Mylady. Sir Alfred hat sich auf sein Zimmer begeben. Er reist morgen ab. Ich habe Tee für alle bestellt."

„Sehr umsichtig, Baines. Danke. Ich werde meinen Vater sofort aufsuchen." Ihre Hände zitterten, als Pommery ihr das Sherryglas reichte.

„Das war also Lord Blending", stellte Pommery fest. Sie nickte, ihre Augen schimmerten feucht. Sie war noch immer blaß. Sie sagte: „Sie hätten ihn früher sehen sollen, Inspektor. Er ist jetzt nur noch ein Wrack. Allein dieser schnelle Verfall ist grauenhaft. Und je schlechter es ihm geht, desto stärker glaubt er an den alten Fluch. Er lehnt unseren Arzt ab, weil er sicher ist, daß man seinem Schicksal nicht entrinnen kann." Sie schüttelte den Kopf. „Ich beginne auch daran zu glauben. Und Sie, Inspektor? Sie haben jetzt selbst gesehen und gehört, was hier vorgeht."

„Ich glaube nicht an Spuk, Mylady", sagte Pommery. „Auch jetzt nicht. Ich werde mir morgen den Turm ansehen, und dann fahre ich nach London zurück, um dort weiter zu ermitteln."

„Der Pfeifer kommt dreimal", erwiderte sie. „Dann stirbt der Schloßherr."

„Wir haben also noch vier Wochen", sagte Pommery.

„Das würde meine finanziellen Verhältnisse übersteigen, Inspektor. Sie tun mir zuviel Ehre an. Mein Vater hält mich kurz."

„Sie sind der rechtmäßige Nachfolger des siebzehnten Lord of Blending."

„Falls mein Vater nicht meine Schwester dazu eingesetzt hat – aber das ist nach dem Erbrecht nicht möglich. Ich habe demnach wirklich ein Motiv, Inspektor. Aber ich finde diese Spukgeschichte außerordentlich widerwärtig, und ich bin überrascht, wie mein Vater darauf reagiert: Ein kerngesunder Mann, der binnen weniger Wochen geradezu verfällt . . ." Er schüttelte den Kopf. „Sie sind also überzeugt, daß ein Mensch aus Fleisch und Blut hinter der auferstandenen Legende von Blending Castle steht?"

„Haben Sie jemals Edgar Wallace gelesen, Sir Alfred?"

„Gelegentlich. Aber Sie? Sie lesen Kriminalromane?"

„Gerade ich, Sir. Wer sich von Berufs wegen mit Kriminalfällen befaßt, kommt mit trockenem Sachwissen oft nicht weiter. Um Verbrechen zu klären, braucht man auch Phantasie."

„Und was lernen Sie aus Wallace-Geschichten?"

„Daß es für alles, auch für die unglaublichsten Geschehnisse, eine vernünftige Erklärung geben muß. Man darf sich von dem Eindruck, den ein Verbrechen erweckt, nicht überrumpeln lassen. Man muß die Wahrheit suchen. Je phantasievoller ein Verbrechen angelegt ist, desto nüchterner sind die Tatsachen. Das lehrt uns Wallace." Pommery fixierte Sir Alfred starr. „Wie sieht es eigentlich mit Ihren Vermögensverhältnissen aus?"

„Das geht Sie gar nichts an, Inspektor." Sir Alfred erhob sich mit abweisendem Gesicht. „Sie sind hergekommen, um mich zu verdächtigen. Das erkenne ich als Ihr Recht an. Aber ich habe Ihnen ein Alibi geliefert. Damit ist wohl alles erledigt."

„Leider nicht, Sir Alfred", antwortete Pommery sanft. „Ich danke Ihnen trotzdem für Ihre Hilfe." Er ging hinaus und widerstand der Versuchung, dem hochnäsigen Portier ein Trinkgeld zu geben. Er fürchtete, der Mann werde ihn die Treppe hinunterwerfen.

Schon der Vater von Sir Ashley Shane war Anwalt gewesen, und auch der Großvater und der Urgroßvater. Selbst der Vater des Urgroßvaters von Sir Ashley war als Strafverteidiger vor den Schranken von Old Baily aufgetreten. Derartige Fälle allerdings schätzte Sir Ashley weniger. Schon sein Großvater hatte damit begonnen, die Kanzlei aus dem Blickfeld der Öffentlichkeit zu ziehen, und Sir Ashley setzte dieses Werk konsequent fort. Er führte keine Strafprozesse mehr, er verwaltete die Vermögen einiger bedeutender Familien, regelte deren Grundstücksangelegenheiten, ihre Auslandsspekulationen und vor allem Erbschaftsfälle. Das Auftreten eines Beamten von Scotland Yard in seiner traditionsreichen Kanzlei, in der sich seit zweihundert Jahren nichts mehr verändert zu haben schien, war beinahe ein Stilbruch, den Sir Ashley als äußerst unpassend empfand. Sir Ashley zwirbelte seinen Schnurrbart und zögerte, ehe er seinem Bürovorsteher, der so mumienhaft aussah, als habe er schon dem Urgroßvater Sir Ashleys gedient, zunickte.

Der Vorsteher wackelte hinaus, und gleich darauf trat Inspektor Pommery ein. Der rundliche Mann mit dem Seehundsbart wirkte bescheiden und zurückhaltend und störte sich nicht an Sir Ashleys ungnädigem Blick.

„Ich möchte Ihre kostbare Zeit nicht unnötig in Anspruch nehmen“, begann er. „Wie mir Lady Margaret gesagt hat, sind Sie der Familienanwalt der Lords of Blending?“ Pommery setzte sich, ohne dazu eingeladen worden zu sein, was ihm einen weiteren strafenden Blick eintrug.

Sir Ashley schaute angestrengt auf seine goldene Taschenuhr und bequemte sich zuzustimmen.

„Wie Sie sicherlich wissen, geht es dem Lord of Blending nicht sonderlich gut“, fuhr Pommery fort. „Ich bin in die seltsamen Ereignisse auf Blending Castle eingeschaltet worden und habe einige Fragen, die eine Klärung der Vorfälle erleichtern.“

„Ich fürchte, ich kann Ihnen wenig helfen, Inspektor. Ich bin seit zwanzig Jahren nicht mehr auf Blending Castle gewesen. Der alte Lord und ich verkehren nur brieflich.“

„Ich bin sicher, daß Sie mir sehr helfen können, Sir Ashley. Wie groß ist das Vermögen der Blendings?“

Sir Ashley schnaubte empört: „Ich kann diese Frage nicht beantworten, Inspektor. Sagen wir: es ist sehr bedeutend.“

„Das genügt schon, Sir. Wie ist die Erbfolge geregelt?“

„Sie verlangen sehr viel, Inspektor. Das unterliegt meiner Schweigepflicht. Aber ich glaube, ich gehe nicht zu weit, wenn ich Ihnen sage, daß es im Testament heißt, daß der erstgeborene Sohn des gegenwärtigen Lord Titel und Vermögen erbt. Natürlich werden auch Lady Margaret und Sir

Stanley komfortabel versorgt sein, wenn Lord Blending stirbt."

„Mit dem erstgeborenen Sohn ist also Sir Alfred gemeint?"

„Diese Feststellung ist zutreffend, ich meine, es steht kein Name im Testament, aber das ist in diesem Fall auch nicht üblich, da Sir Jeffries Gladstone, Lord of Blending, im wesentlichen den Wortlaut des Testaments seines Vaters übernommen hat."

„Ist Lord Blending schon lange Witwer?"

„Seit mehr als zehn Jahren." Sir Ashley blickte wieder auf seine Uhr. Die Geste war unmißverständlich. Pommery aber fragte hartnäckig: „Ist Sir Alfred sehr auf das Erbe angewiesen?"

Der Blick Sir Ashleys war mehr als mißbilligend. Er sagte: „Wollen Sie Sir Alfred verdächtigen, sich wegen Übernahme der Lordschaft verbrecherisch zu verhalten? Die Blendings sind eine der ältesten und besten Familien Großbritanniens, Inspektor. Sir Alfred wird im übrigen gut versorgt. Ich selbst veranlasse die monatlichen Überweisungen an ihn."

„Ich ermittle nur, Sir", sagte Pommery.

„Sie befinden sich auf einer falschen Fährte, Inspektor. Wenn Sir Alfred Geldsorgen hätte, könnte er zu mir kommen."

„Ich danke Ihnen, Sir Ashley." Pommery hatte das Gefühl, Sir Ashley würde ihn in keiner guten Erinnerung behalten. Er trat auf die Straße und wollte in Gedanken die Fahrbahn überqueren, als er das Aufheulen eines Motors wahrnahm. Erschrocken fuhr er herum.

Ein schwarzer Wagen raste auf ihn zu. Der Motor dröhnte. Pommery warf sich geistesgegenwärtig nach hinten und stürzte auf den Asphalt. Er prellte sich schmerzhaft die Schultern an der Bordsteinkante. Die Reifen quietschten ohrenbetäubend, und die Räder sausten dicht an Pommery vorbei. Er konnte einen kurzen Blick auf den Mann hinter der Windschutzscheibe werfen, der starr geradeaus blickte und das Tempo nicht verminderte. In eine Staubwolke und den stinkenden Auspuffqualm gehüllt, fuhr er weiter.

Ein freundlicher Gentleman half Pommery auf die Beine und klopfte ihm den Staub vom Jackett.

„Unerhört, diese Rüpel heutzutage", regte er sich auf. „Man sollte diese Autos verbieten. Da leben wir im Jahre 1925 in England, dem Mutterland der Zivilisation, und überall rollen solche stinkenden, höllisch gefährlichen Benzinkästen herum."

„Sie haben ganz recht, ich danke Ihnen." Pommery nickte und winkte nach einem Taxi. Er schwang sich hinein und befahl dem Fahrer, dem davonfahrenden Wagen zu folgen.

Er hatte Baines, den Butler, hinter dem Steuer erkannt.

Die Fahrt ging nach Soho. An einer Straßenecke stieg Pommery aus und ging zu Fuß weiter. In einer Hofeinfahrt sah er Baines' Wagen stehen und postierte sich auf der gegenüberliegenden Straßenseite hinter einer alten Linde.

Der Hofeingang gehörte zu einem schäbigen großen Haus mit grauer, fleckiger Fassade. Hier residierte ein Anwalt namens Bugs Cravett, bei dem Sir Ashley sich vermutlich vor Abscheu geschüttelt hätte. Cravett hatte einen Ruf als

Winkeladvokat, dessen Beziehungen zur Unterwelt nicht nur geschäftlicher Natur waren.

Pommery behielt das Haus im Auge, bis eine Pferdedroschke vorfuhr. Ein hochgewachsener, eleganter Mann stieg aus, blickte sich scheu um und betrat das Haus des Anwalts sehr rasch. Pommery hielt die Luft an: Es handelte sich um Sir Alfred Gladstone. Pommery wollte gerade die Straße überqueren, als er aus dem Hof von Cravetts Haus Baines auftauchen sah. Der Butler hatte es eilig. Er trug eine lange Pelerine und hatte sich einen Hut tief ins Gesicht gezogen. Er stieg in sein Auto und fuhr mit hoher Geschwindigkeit davon.

Hatte er sich mit Sir Alfred getroffen? Hier, im Haus eines übel beleumundeten Anwalts, der dafür bekannt war, daß er die schlimmsten Gauner vor Gericht vertrat und vor den schmutzigsten Tricks nicht zurückschreckte, selbst überführte Mörder als Unschuldslämmer hinzustellen?

Inspektor Pommery warf noch einen Blick auf die schäbige Fassade des Hauses, dann ging er nachdenklich die Straße hinunter, ohne abzuwarten, wann Sir Alfred wieder auftauchte.

Weiß Edgar Wallace Rat?

Inspektor Pommery taten die Füße weh, als er die steile Treppe zu seiner kleinen Wohnung in der Nähe des Hyde Park hochstieg. Er hatte eingekauft und war davor den ganzen Tag herumgelaufen. Die letzten vierzehn Tage hatte er damit verbracht, Archive und Museen aufzusuchen. Noch einigemale hatte er in der Nähe des Hauses von Rechtsanwalt Cravett gewartet, und noch einmal hatte er Sir Alfred beobachtet. Pommery hatte nicht versäumt, Nachforschungen über Sir Alfred und über Cravett anzustellen.

Mrs. Simmons, seine Aufwartefrau, war krank, und so war seine Wohnung nicht aufgeräumt. Mißmutig briet er sich ein paar Eier und atmete erleichtert auf, als er sich einen abgetragenen Hausmantel überstreifen und sich in den Ohrensessel in seinem Wohnzimmer setzen konnte. Der Schein der Leselampe fiel auf die Buchrücken von weit über hundert Romanen, die den Namenszug „Edgar Wallace“ trugen. Monatlich erschienen neue Werke des produktiven Schriftstellers, und Ebenezer Pommery versäumte nicht, sich jeden neuen Titel zu kaufen. Es war atemberaubend, in welcher Geschwindigkeit seine Wallace-Bibliothek wuchs.

Pommery streckte sich gemütlich aus und griff nach dem Buch „Die blaue Hand“. Er vertiefte sich in die Geschichte eines Mannes, der ein gewaltiges Erbe zu erwarten hatte, bis – ja bis etwas völlig Unerwartetes dazwischenkam. Er las das Wort „Familiengeheimnis“, und mit einem Schlag waren seine Gedanken wieder bei dem Fall von Blending Castle, der ihm seit Wochen nicht mehr aus dem Kopf ging. Er klemmte sich die silberne Zigarettenspitze zwischen die Zähne und blätterte weiter in der Geschichte des Digby Groat, der ganz sicher war, einer der reichsten Männer Englands zu werden, bis plötzlich eine totgeglaubte Person auftauchte. Er fand die Stelle, wo von Pralinen die Rede war, die mit Haschisch gefüllt waren . . .

Pommery legte das Buch weg, stand auf und ging zum Regal. Er nahm die Bände „Das geheimnisvolle Haus“ und „Der schwarze Abt“ heraus und setzte sich wieder, während er versuchte, die vielen Dinge, die ihm durch den Kopf gingen, zu ordnen.

Er war überzeugt, daß die seltsame Erscheinung auf Blending Castle kein Geist war, und er war sicher, daß ein Verbrechen im Gange war, das aus Habgier begangen wurde. Die meisten Verbrechen wurden aus Habgier begangen. Und doch ergab vieles, was Pommery inzwischen wußte, keinen Sinn. Fest stand, es gab eine Erscheinung, und seit sie das erstemal aufgetreten war, war der Schloßherr sterbenskrank. Pommery hatte erst gestern mit Lady Margaret gesprochen und erfahren, daß Lord Blending das Bett nicht mehr verlassen konnte. Ein Teil des Personals hatte gekündigt.

Wer immer hinter den Vorfällen stand, er mußte die Geschichte des alten Schlosses gut kennen. Und er mußte einen Vorteil davon haben, daß Lord Blending in den Tod getrieben wurde. Aber war die Erscheinung des gespenstischen Dudelsackpfeifers wirklich die Ursache für Lord Blendings Krankheit?

Sir Alfred fiel ihm ein: Er hatte gute Gründe, den Antritt seines Erbes zu beschleunigen, seine Alibis waren auch längst nicht so gut, wie er behauptete. Aber war Sir Alfred wirklich der nächste Lord of Blending? Wie stand es mit seinem Bruder, Sir Stanley, den Pommery noch gar nicht zu Gesicht bekommen hatte?

Pommery blätterte in dem Buch „Der schwarze Abt“.

Auch hier diente eine seltsame Erscheinung dazu, Neugierige abzuschrecken und den eigentlichen Grund eines Verbrechens zu verschleiern.

„Dieser Edgar Wallace ist ein Genie“, entfuhr es Pommery. Er ging in seinem Wohnzimmer auf und ab, während die dumpfen Schläge von Big Ben über die Dächer von London hallten und Mitternacht anzeigten. „Wenn ich mit ihm reden könnte, wäre alles viel einfacher“, sprach Pommery weiter. „Aber in seinen Büchern stecken tausend Informationen.“ Er stellte die Bücher ins Regal und löschte das Licht, bevor er seine enge Schlafkammer aufsuchte und sich zu Bett begab. Er hatte den Rat von Edgar Wallace verstanden.

Inspektor Pommery hat eine Idee

Die Silhouette von Blending Castle erhob sich düster und drohend aus den Regenschleiern. Inspektor Pommerys klappriger Sunbeam quälte sich über die schlammigen Straßen. Als er sich diesmal dem Schloß näherte, empfand er die Düsternis des Verfalls. Mit hochgeschlagenem Kragen eilte er die Freitreppe hoch. Baines öffnete und nahm ihm die Reisetasche und den Trenchcoat ab.

„Wie geht es Lord Blending?“

„Seine Lordschaft leiden sehr“, antwortete Baines. Pommery blickte ihn prüfend an, aber Baines gab durch nichts zu erkennen, daß er ihn in London beinahe überfahren hatte.

Pommery hielt es durchaus für möglich, daß Baines ihn gar nicht erkannt hatte.

Lady Margaret kam die Treppe herunter. Scharfe Falten hatten sich in ihr Gesicht gegraben. Sie wirkte unausgeschlafen und sehr besorgt.

„Das Personal weiß immer noch nicht, wer Sie wirklich sind, Inspektor", sagt Lady Margaret. „Mein Bruder Alfred hat mich angerufen, nachdem Sie ihn im Club besucht haben. Er hat mir die schwersten Vorwürfe gemacht. Ich hätte keinen Fremden, schon gar nicht die Polizei, in eine Familienangelegenheit hineinziehen dürfen."

„Verbrechen sind keine Familienangelegenheit, Lady Margaret."

„Sind Sie in London weitergekommen, Inspektor? Ich meine, können Sie irgend etwas unternehmen, oder wissen Sie, was hinter dem Spuk steckt? Morgen nacht ist wieder Vollmond."

„Deshalb bin ich hier." Inspektor Pommery war Lady Margaret ins Kaminzimmer gefolgt und wärmte sich am prasselnden Feuer auf. Dankbar nahm er den Whisky entgegen, den sie ihm eingeschenkt hatte. „Ich habe eine Menge Edgar Wallace gelesen", sagte er, während er genießerisch den alten Whisky schlürfte.

„Kriminalromane?"

„Edgar-Wallace-Bücher sind mehr als nur Kriminalromane. Ich habe wertvolle Anregungen gewonnen und einige Unterlagen mitgebracht. Im übrigen möchte ich Lord Blending diesmal sehen. Wird das möglich sein?"

„Mein Vater ist kaum noch ansprechbar. Er . . ." Sie

nickte. Ihre Stimme stockte. „Ich habe meine Brüder für morgen herbestellt. Wenn der Pfeifer das drittemal auftritt . . ."

„Beruhigen Sie sich, Lady Margaret." Pommery setzte das Glas ab.

Sie führte ihn in den ersten Stock und öffnete eine kostbar beschnitzte Eichentür. Pommery betrat mit ihr den abgedunkelten Raum. Die rasselnden Atemzüge, die er vernahm, lenkten seine Blicke zu dem wuchtigen Himmelbett. In den Kissen versank die abgemagerte Gestalt des alten Lords beinahe völlig. Pommery war erschrocken darüber, daß Lord Blending noch schlechter aussah als vor vier Wochen. Er trat neben das Bett und beugte sich darüber. Die Augen des Lords standen offen, aber er nahm Pommery nicht wahr. Pommery betrachtete die brüchigen Fingernägel der knochigen Hände auf der Bettdecke.

„Es fehlt nicht mehr viel, dann stirbt er", flüsterte Lady Margaret. Ihre Stimme zitterte. Pommery schob unauffällig ein Glasschälchen vom Nachttisch in die Tasche und ging hinaus. Auf dem Gang sagte er: „Ich möchte, daß Ihr Hausarzt vorbeikommt. Sofort. Sein Name ist Shavers, nicht wahr?"

„Mein Vater würde einen Wutanfall kriegen, wenn Dr. Shavers gegen seinen Willen kommt", erwiderte Lady Margaret. „Das würde ihn töten. Er ist total verändert, seit der Pfeifer das erstemal aufgetaucht ist. Nich nur körperlich – auch geistig. Manchmal habe ich das Gefühl, er hat den Verstand verloren, so bitter das klingt."

„Ich möchte Dr. Shavers sehen", beharrte Pommery. „Er

muß Ihren Vater zunächst nicht aufsuchen. Vertrauen Sie mir."

Lady Margaret zuckte mit den Schultern. Sie ging ans Telefon im Arbeitszimmer. Eine Viertelstunde später hallte das Dröhnen des Türklopfers durch das Schloß.

Pommery traf Dr. Shavers in der Halle. Der hochgewachsene, magere Mann mit der schwarzen Tasche, den Pommery bereits bei seinem ersten Besuch auf Blending Castle gesehen hatte, war überrascht, einen Inspektor von Scotland Yard vor sich zu haben.

„Ich bemühe mich seit Wochen, Lord Blending wenigstens untersuchen zu dürfen", sagte er, „seit ich gehört habe, daß er erkrankt ist. Aber er weigert sich."

Pommery schätzte Dr. Shavers auf knapp fünfzig Jahre. Sein Blick war offen und fest. Er machte einen ehrlichen Eindruck.

„Ich werde Ihnen jetzt einige Symptome schildern", sagte er. „Ich habe Lord Blending gesehen und fasse im übrigen zusammen, was mir Lady Margaret erzählt hat. Außerdem möchte ich, daß Sie etwas untersuchen . . ." – Die Unterredung dauerte kaum zehn Minuten, dann verließ Dr. Shavers in höchster Eile das Schloß, bestieg seinen Wagen und fuhr davon. Lady Margaret schien eine Erklärung zu erwarten, aber Ebenezer Pommery begab sich in sein Zimmer und packte neben mehreren Edgar-Wallace-Krimis, in denen er einige Absätze dick angestrichen hatte, Kopien von Dokumenten aus, die er sich sorgfältig einprägte, bevor er schweigsam einen Streifzug durch das Schloß begann.

Das Dinner wurde im Kaminzimmer eingenommen. Inspektor Pommery saß an der Längsseite der Tafel und hatte die Portraitgalerie der verblichenen Lords von Blending vor sich.

Die beiden Söhne waren anwesend. Sie waren am Vormittag angereist. Pommery war nicht entgangen, daß Sir Alfred seine Anwesenheit mit Widerwillen erduldete. Er ignorierte den Inspektor demonstrativ. Sir Stanley war ein junger, nichtssagender Mann mit breiten Schultern und kurzgeschorenem Haar, der als Offizier in Uniform vermutlich schmuck aussah, in Zivil aber blaß wirkte und sich nur wenig an der Unterhaltung beteiligte.

Pommery hatte sich am Vortage gründlich auf dem Anwesen der Blendings umgesehen. Er hatte mit den Farmarbeitern gesprochen und die Ställe besichtigt, und er war auf den hohen Westturm gestiegen, ohne eine Spur zu finden, die auf die Anwesenheit eines menschlichen Wesens dort oben schließen ließ.

Baines servierte das Dinner. Die Atmosphäre war ungemütlich, beinahe feindselig. Pommery bemerkte, daß dies nicht allein seinetwegen der Fall war, sondern daß die Geschwister sich untereinander belauerten. Sir Alfred ließ gelegentlich bissige Bemerkungen fallen.

Pommery beobachtete Baines, der mit starrem Gesicht den Tisch umrundete, Aufschnittplatten verteilte, Brot und Butter reichte und Tee nachschenkte, wenn es erforderlich war. Im übrigen stand er diskret und unauffällig im Schatten und zog sich zurück, als Lady Margaret ihn dazu aufforderte. Pommery versuchte herauszufinden, ob es eine Verbindung zwischen Baines und Sir Alfred gab, doch niemand gab sich eine Blöße. Zufällig glitt Pommerys Blick über Baines' Schulter auf eines der Gemälde an der Wand. Er biß sich in die Unterlippe und senkte den Kopf. Als er sich Tee nachschenken ließ, war sein Gesicht so verschlossen und ausdruckslos wie meistens.

„Haben Sie nun Beweise dafür, daß ich nachts auf Dudelsäcken blase, um meinen Vater in Angst und Schrecken zu versetzen?" fragte Sir Alfred. „Oder sind Sie inzwischen überzeugt, daß mein werter Bruder der Geist von Blending Castle ist?"

„Das beste Motiv haben Sie, Sir", erwiderte Pommery. Er neigte sich Lady Margaret zu und sagte: „Ein ganz ausgezeichneter Tee, Mylady." Zu Sir Alfred gewandt fuhr er fort: „Sie mögen Ihren Vater nicht besonders, und Sie sind doch der Erbe des Vermögens?" Er musterte ihn scharf über die Teetasse hinweg.

„Da hört ihr es", sagte Sir Alfred. „Muß ich mir das eigentlich gefallen lassen?"

„Sie haben beträchtliche Geldsorgen", erklärte Pommery ungerührt. „Ihre Spielleidenschaft, die Sie schon als junger Mann entwickelt haben, ist nach wie vor sehr groß."

„Sie haben mir nachspioniert?" Sir Alfred warf wütend seine Serviette auf den Tisch. „Ich habe ein paarmal beim Pferderennen Pech gehabt. Na und? Ich bin der Erbe von Blending Castle. Ich bin für jeden Kredit gut."

„Vielleicht möchten Ihre Gläubiger nicht so lange warten. Wenn man seine Wetten bei so unseriösen Buchmachern wie Mr. Cravett abschließt . . ."

„Das ist eine Unverschämtheit!" rief Sir Alfred. Er deutete auf seine Schwester und schrie: „Das kommt davon, wenn man Schnüffler ins Haus holt!"

„Es geht um das Leben unseres Vaters", antwortete Lady Margaret. „Inspektor Pommery . . ."

Sie wurde unterbrochen. Baines trat ein und meldete ein Telefongespräch für Mr. Pommery. Der Inspektor ging ins Arbeitszimmer hinüber. Als er zurückkehrte, war er ernst.

„Nicht der Fluch des Pfeifers hat Lord Blending so krank gemacht", sagte er. „Sondern Gift." Die drei Geschwister erhoben sich entsetzt, während Pommery weitersprach: „Als ich ‚Die blaue Hand' von Edgar Wallace gelesen habe, kam mir eine Idee. Die plötzliche Erkrankung seiner Lordschaft nach dem Auftreten des Pfeifers konnte natürlich durch den Schock ausgelöst worden sein, wenn Lord Blending ein abergläubischer Mensch wäre. Aber er hätte sich zweifellos schnell wieder davon erholt. Doch die ständige Verschlechterung seines Zustandes deutete auf eine körperliche Erkrankung hin, die gesteuert wird. Als ich ihn gestern gesehen habe und Lady Margaret mir einzelne Symptome beschrieben hat, habe ich gleich vermutet, daß er systematisch seit Wochen mit kleinen Arsen-Dosen behandelt wird. Die Flecken auf seiner Haut, die brüchigen Fingernägel, der schleichende Haarausfall, das starke Erbrechen . . . Wissen Sie, es ist einfach, einen Menschen mit einer großen Dosis Gift umzubringen. Aber ihn täglich mit einer kleinen Menge zu versorgen, so daß er krank und kränker wird, ist genial. Wenn zudem der Eindruck erweckt wird, die Ursache dafür sei ein geistiges Leiden, ausgelöst durch den Spuk vom schottischen Pfeifer, wundert sich niemand mehr über den Tod eines Menschen. Ich habe gestern Dr. Shaver ein Schälchen vom Nachttisch seiner Lordschaft mitgegeben. Er hat die spärlichen Essensreste darin untersucht und mich soeben angerufen. Die Analyse ist eindeutig. Dr. Shaver ist bereits unterwegs. Lady Margaret, bitte bringen Sie Ihren Vater dazu, falls er überhaupt noch zu einer Entscheidung fähig ist, Dr. Shaver einzulassen. Es wäre gut, wenn Sie den Doktor unauffällig ins Haus schleusen würden."

„Soll ich die Köchin . . ."

„Die Köchin hat gewiß nichts damit zu tun – es sei denn, sie wäre dafür bezahlt worden, kleinere Mengen Arsen in Lord Blendings Mahlzeiten zu mischen." Inspektor Pommery winkte ab. „In jedem Fall geht die Verabreichung von Gift an Lord Blending Hand in Hand mit dem Auftreten des Spuks. Dieser Mordversuch ist langfristig vorbereitet und geplant worden, und er wird mit viel Geduld durchgeführt."

Bei dem Wort „Mordversuch" wurde es still. Die Geschwister schauten den kleinen, unauffälligen Inspektor an, der jetzt Autorität und die Unüberwindlichkeit eines gnadenlosen Jägers ausstrahlte.

„Na gut", bemerkte Sir Alfred mit nervösem Lachen. „Dann verhaften Sie mich doch, nachdem Sie vorhin so sicher waren, daß ich der einzige bin, der in Frage kommt."

„Warum denn, Sir Alfred? Das habe ich doch nie behauptet. Ich habe nur Tatsachen beschrieben und Möglichkeiten erörtert. Es gibt viele Tatsachen und sehr viele Möglichkeiten." Inspektor Pommery lächelte sein stilles, unergründliches Lächeln.

Inspektor Pommery war mit Lady Margaret allein auf der Galerie, als der Dudelsack ertönte. Es hatte gerade Mitternacht geschlagen. Die silberne Scheibe des Mondes stand hoch über dem Schloß.

Dr. Shaver, den Lady Margaret durch eine Hintertür eingelassen hatte, befand sich im Zimmer des Lords. Er hatte sofort Medikamente verabreicht, die der schleichenden Vergiftung im Körper des alten Lords entgegenwirken sollten, und ein Beruhigungsmittel gespritzt. Nicht einmal Baines wußte, daß er hier war. Lord Blending hatte von der Behandlung nicht viel gemerkt. Dr. Shaver hatte festgestellt, daß er in letzter Minute gekommen und die Rettung des Lords noch fraglich sei.

Als die schauerliche Melodie des Dudelsacks durch die Gewölbe hallte, stürmten Pommery und Lady Margaret in den Westflügel hinüber. Der Dudelsack schrillte und kreischte. Pommery bemerkte Furcht in den Zügen Lady Margarets, aber sie folgte ihm. Die Tür zum Turm war verriegelt, und als sie daran rüttelten, brach die gespenstische Musik jäh ab.

„Zum drittenmal“, entfuhr es Lady Margaret. „Wenn der Fluch stimmt . . .“ Inspektor Pommery erwiderte: „Der Fluch schlägt auf den Täter zurück!“ Er trat zu einem der regelmäßigen Mauervorsprünge und drückte daran. Er ließ sich knirschend bewegen, und in der Wand des Treppenaufgangs öffnete sich ein schmaler Einstieg in einen Gang, aus dem es feucht und modrig hochstieg. – „Ein Geheimgang!“ Lady Margaret war fassungslos. „Das habe ich nicht gewußt.“

„Ich habe mir so etwas gedacht, als ich in Ihrer Bibliothek die alten Baupläne des Schlosses fand und feststellte, daß mehrere Pläne fehlten. Zum Glück gibt es in London gute Archive. Ich habe die Nachlässe der Architekten, die an Blending Castle mitgebaut haben, aufgetrieben, in denen sich die Pläne für das Schloß befanden – und für die Geheimgänge." Inspektor Pommery schlüpfte durch die Öffnung. Lady Margaret folgte. Der Inspektor förderte eine Taschenlampe zutage und stieg einige feucht schimmernde Stufen hinunter. Vor sich hörte er hastige Schritte.

„Stehenbleiben!" rief er. Eine Tür fiel krachend zu. Der Strahl der Taschenlampe wanderte durch einen engen Gang und traf auf einen dunklen Gegenstand am Boden. „Der Dudelsack!" Pommery hob das Instrument auf und reichte es Lady Margaret. Wenig später stießen sie auf eine Falltür. Sie versuchten vergeblich, sie zu öffnen. Inspektor Pommery preßte sein rechtes Ohr dagegen. Er hörte das Verklingen von Schritten.

„Es gibt mehrere Ausgänge", sagte er. „So genau habe ich mir die Pläne nicht einprägen können. Ein Einstieg befindet sich in der Bibliothek und im Kaminzimmer. Deshalb konnte der Pfeifer sich schnell und ungesehen im Haus bewegen und nach seinem Auftritt rasch wieder zur Stelle sein. Wir müssen uns beeilen, damit der Kerl uns diesmal nicht zuvorkommt."

„Aber wer ist der Pfeifer?" – Inspektor Pommery schwieg. Er schloß den Einstieg. Noch immer fassungslos lief Lady Margaret hinter ihm her, und noch immer dröhnte ihr das grelle Todeslied des Dudelsackpfeifers in den Ohren.

Sir Alfred stand neben dem großen Kamin. Er war blaß, seine rechte Hand, in der er ein Whiskyglas hielt, zitterte leicht. Sir Stanley kam aus der Bibliothek herüber, als Pommery und Lady Margaret eintraten. Pommery blickte sich scharfäugig um. Von der Galerie waren Schritte zu hören, und Dr. Shaver tauchte an der Tür auf.

„Lord Blending schläft ruhig", erklärte er. „Er hat den Pfeifer nicht gehört. Ich hatte für den Notfall eine weitere Beruhigungsspritze bereitgehalten. Eine Voraussage kann ich noch nicht treffen, aber wenn er die nächsten Tage übersteht, kann er gesund werden. Vor den regelmäßigen Giftzuführungen war er ein ungewöhnlich gesunder Mann mit einem starken Herzen für sein Alter." Er nahm einen randlosen Kneifer, den er auf der Nase sitzen hatte, ab und blinzelte den Inspektor an. „Wo ist denn nun der unheimliche Pfeifer?"

Pommery nahm Lady Margaret den Dudelsack aus den Händen und warf ihn auf den Tisch. Ein quietschender Ton entwich den Pfeifen, der alle Anwesenden zusammenzucken ließ. „Wo sind Sie gewesen, als der Lärm losging?" fragte Pommery und fixierte Sir Alfred.

„In meinem Zimmer." Er setzte sein Glas ab. „Ich habe keine Zeugen dafür."

„Ich war in der Bibliothek", erklärte Sir Stanley Gladstone. „Ich bin auf die Galerie gelaufen, aber da wurde es bereits wieder ruhig."

„Es gibt Geheimgänge im Haus", schaltete Lady Margaret sich ein. „Habt ihr davon gewußt?"

„Ich habe davon gewußt", erwiderte Sir Alfred. „Bevor

der kluge Inspektor es herauskriegt, sage ich es selbst. Ich kenne allerdings die Zugänge nicht."

Pommery drückte auf die Klingel, die den Butler herbeirief. Es geschah nichts. Pommery drückte wieder, während er zu Dr. Shaver sagte: „Holen Sie bitte die Mappe aus meinem Zimmer, die auf dem Bett liegt."

Endlich Schritte: Baines trat ein. Würdevoll wie immer. Sir Alfred sagte: „Sie haben lange gebraucht, Baines."

„Ich habe mich um die Köchin gekümmert, Sir. Das restliche Personal, das uns noch geblieben ist, ist sehr beunruhigt."

„Verständlich", sagte Pommery. Er hatte wieder den Blick eines Jägers. Wer ihn sah, fragte sich, wie man ihn jemals hatte für unscheinbar halten können. „Woher kennen Sie Bugs Cravett, Baines?"

Im Gesicht des Butlers zuckte es. Pommerys Überrumpelungstaktik hatte wieder einmal gewirkt. Er stammelte: „Ich verstehe nicht . . ."

„Eine einfache Frage, Baines. Bugs Cravett ist ein Anwalt von äußerst schlechtem Ruf. Sir Alfreds Verbindung zu ihm habe ich klären können: Cravett ist sein Buchmacher und nimmt, meist gegen Schuldschein, Sir Alfreds Pferdewetten an. Ihre Verbindung zu ihm dagegen möchte ich von Ihnen erklärt haben."

Baines schwieg. Dr. Shaver brachte die schwarze Mappe. Pommery trat damit zum Tisch und öffnete sie. Er entnahm ihr einige vergilbte Dokumente. Beinahe beiläufig sagte er, während er einen alten Bauplan ausbreitete: „Sie sollten in dem verfallenen Verteidigungswerk, knapp hundert Schritte vom Schloß, einmal nachsehen, Dr. Shaver. Ich bin sicher, Sie werden dort einen Schottenrock und verschiedene andere Requisiten des Pfeifers finden. Dort beginnt nämlich der äußere Einstieg in die Geheimgänge von Blending Castle, wie Sie aus diesem Plan ersehen können." Er deutete auf einen Punkt des Plans und drehte sich um. „Woher haben Sie den roten Lehm an Ihren Schuhen, Baines?"

Baines schwieg. Alle Blicke wandten sich ihm zu. Pommery fuhr fort: „Bei der alten Ruine gibt es rötlichen Lehm, der durch die Regenfälle der letzten Tage ziemlich aufgeweicht ist."

„Ich ziehe mich jetzt zurück", sagte Baines würdevoll, aber in seinen Augen lag ein Flackern.

„Sie werden hierbleiben, Baines", entschied Lady Margaret. „Mr. Pommery ist, um auch Sie nun aufzuklären, Inspektor bei Scotland Yard."

Baines wurde blaß. Pommery fragte: „Sind Sie überrascht, Baines? Nun, ich glaube, dafür werden alle anderen überrascht sein, wenn ich sage, daß Lord Blending als junger Mann bereits einmal verheiratet war."

Lady Margaret sank auf einen Sessel. Sir Stanley sah aus, als würde er gleich ohnmächtig werden. Sir Alfred bewahrte Haltung. Er fragte: „Was hat das mit dem Fall zu tun, Inspektor, und wieso wühlen Sie in diesen Familiengeschichten herum – noch dazu vor den Angestellten?"

„Haben Sie es gewußt, Sir Alfred?"

„Natürlich nicht. Ich glaube es auch nicht, ich . . ."

„Baines hat es gewußt", unterbrach Pommery ihn. „Nicht wahr, Baines? Und wenn ich über Familienangelegenheiten spreche, sind wir durchaus unter uns – von Dr. Shaver und mir abgesehen. Auch mit dem angeblichen Spuk hat das alles etwas zu tun. Ich bin sicher, Baines kennt das Testament von Lord Blending."

„Sie sprechen in Rätseln, Inspektor", sagte Lady Margaret. „Sie springen von einem Punkt zum anderen."

„Und doch haben alle etwas miteinander zu tun." Pommery behielt Baines im Auge, dessen Gesicht eine wächserne Farbe angenommen hatte. „Im Testament von Lord Blending heißt es ausdrücklich, daß der erstgeborene Sohn Titel und Vermögen erbt, wenn seine Lordschaft stirbt. Sir Alfred glaubt, daß er damit gemeint ist, und wirklich habe auch ich lange Zeit daran geglaubt. Sir Alfred hätte darüber hinaus wegen seiner hohen Spielschulden Grund gehabt, die Erbfolge zu beschleunigen. Aber er hätte nicht viel davon gehabt, denn er ist *nicht* der erstgeborene Sohn." Pommery trat entschlossen auf Baines zu, faßte ihn an der Schulter und zog ihn unter die Ahnengalerie an der Stirnwand des Raumes. „Ich habe den ersten Verdacht geschöpft, als ich bei meinen Nachforschungen über die Familiengeschichte auf die alte Heiratsurkunde gestoßen bin. Nur über ein Kind aus dieser damals bald geschiedenen Verbindung war nichts bekannt, bis ich heute abend Baines das Dinner servieren sah. Er stand unter dem Bild des vierzehnten Duke of Blending. Es ist erstaunlich, wie wenig man auf Dinge achtet, die man nicht erwartet. Sehen sie selbst!"

Sir Alfred stieß einen nicht druckreifen Fluch aus, und auch Sir Stanley suchte sich jetzt einen Stuhl, während sich die Haltung von Baines straffte und sein devoter Dienerblick hochmütig und verachtend wurde. Wer ihn und das Bild über seinem Kopf betrachtete, das einen ehrwürdigen Grafen in einer Hermelinrobe zeigte, mußte den Eindruck gewinnen, Baines habe für das Bild Modell gestanden. Er war dem Duke of Blending wie aus dem Gesicht geschnitten – die gleiche Kopfform, die gleichen Augen, die gleiche Nase, sogar der gleiche Vollbart.

„Geben Sie zu, Baines, daß Sie der Sohn des Lords aus erster Ehe sind?" Pommery senkte seine Rechte in die Hosentasche, während er weitersprach: „Ich räume ein, daß ich diese Behauptung noch nicht beweisen kann, außer daß Ihre frappierende Familienähnlichkeit mir den entscheidenden Anstoß gegeben hat. Doch das ist nur das letzte Glied in der Kette. Daß Sie der Pfeifer sind, habe ich bereits bewiesen, daß Sie ein Sohn des alten Lords sind, werde ich binnen weniger Stunden beweisen – der erstgeborene Sohn, wie es im Testament heißt."

„Sie haben recht, Inspektor. Ich bin der rechtmäßige Anwärter auf den Titel eines Lords von Blending und auf das Vermögen der Familie."

Baines tat unvermittelt eine schnelle Bewegung. Er wollte zur Tür springen und stieß den verdatterten Doktor beiseite.

„Stehenbleiben!" rief Inspektor Pommery. Er hatte die Rechte aus der Hosentasche gezogen. Darin hielt er eine Pistole. Baines hielt die Türklinke schon in der Hand. Einen Moment lang bohrten sich die Blicke von Pommery und Baines ineinander. Dann hob der falsche Butler die Hände.

„Sie sind verhaftet, Baines." Pommerys Gesicht drückte leichten Spott aus: „Oder soll ich sagen: Lord Baines?"

Das Rätsel wird gelöst

„Bei Edgar Wallace ist nichts unmöglich“, erklärte Inspektor Pommery, während er genüßlich an seiner Zigarettenspitze sog. Es war warm und gemütlich im großen Kaminzimmer von Blending Castle. Der alte Lord saß in Decken gehüllt, bleich und schwach, dicht am Feuer. Alfred, Stanley und Lady Margaret hatten in der Nähe Platz genommen.

„Auch wenn die verschiedenen Verbrechen noch so unwahrscheinlich aussehen – meist steckt eine sachliche Begründung dahinter. In diesem Fall habe ich die entscheidenden Anregungen wieder aus Romanen von Edgar Wallace erhalten. Wie in ‚Der schwarze Abt‘ wurde eine legendäre Gestalt benutzt, um die schlichte Tatsache zu verschleiern, daß ein gemeiner Mord geplant war. Und wie in dem Fall um die ‚Blaue Hand‘ gab es den Erben eines großen Vermögens, das ihm ganz sicher zu sein schien. Und es gab Lebensmittel, die mit kleinen Mengen Rauschgift versetzt waren, um Menschen gefügig zu machen. In diesem Fall war es Arsenik, um Lord Blending in Raten, immer den Auftritten des unheimlichen Pfeifers angepaßt, umzubringen.“

Inspektor Pommery nahm einen Schluck Sherry, bevor er fortfuhr: „Es erschien so selbstverständlich, daß im Falle eines Mordversuchs nur Sir Alfred als Täter in Frage kam. Im Testament heißt es: Der erstgeborene Sohn. Seine Besuche bei dem Winkeladvokaten Bugs Cravett unterstützten meinen Verdacht, und als ich auch Baines dort beobachtete, war ich sicher, daß Sir Alfred und Baines unter einer Decke steckten.“

„Ich habe nicht gewußt, daß Baines bei Cravett verkehrte“, warf Sir Alfred ein.

„Richtig, Sir, das habe ich schließlich auch erfahren. Wenn ich Sie dennoch mehrmals in die Enge getrieben habe, so nur deshalb, um herauszufinden, ob Sie mehr wissen, als Sie mir sagen. Tatsächlich bin ich auf der Suche nach den Bauplänen von Blending Castle, in denen die Geheimgänge eingezeichnet sind – auch dies war eine Anregung aus dem ‚Schwarzen Abt' –, auf die Familiengeschichte derer von Blending gestoßen, unter anderem auf eine standesamtliche Eintragung, die in den Papieren hier im Schloß nicht vorhanden ist.“ Er blickte den alten Lord bedeutsam an. „Als ich daraus erfuhr, daß Lord Blending bereits einmal verheiratet gewesen ist, wurde mein Verdacht gegen Sie, Sir Alfred, schwächer. Ich vermutete, daß es einen anderen Erstgeborenen geben müsse, obwohl ich nirgends Unterlagen darüber gefunden hatte. Ich war dennoch sicher, daß dieser wirkliche Erstgeborene bereits hier im Haus sein müsse. Er kannte die Familienlegende und machte sie sich zunutze, indem er den schottischen Pfeifer spielte und die scheinbar unabwendbaren Folgen dieses Spuks, die tödliche Erkrankung von Lord Blending, selbst herbeiführen konnte.“

„Ich war damals gerade achtzehn Jahre alt“, sagte Lord Blending mit brüchiger Stimme. Doch in seinen Augen war bereits wieder das Feuer früherer Energie. „Das Mädchen war eine Farmerstochter aus Farthinghoe. Die Familie ist später weggezogen. Ich bin mit ihr durchgebrannt. Wir haben heimlich geheiratet. Ihr Vater war ebenso dagegen wie der meine. Die Ehe hat nur vier Monate gedauert, dann wurde sie aufgelöst. Baines, der Sohn, wurde erst später geboren. Ich habe von ihm erfahren, ihn aber nie zu Gesicht bekommen, weil Jane Vanor, meine damalige Frau, mit dem Kind nach Australien ging. Ich habe die ganze Sache vergessen. Die Angelegenheit ist fast fünfzig Jahre her. Baines ist jetzt neunundvierzig. Ich hätte ihn nicht einmal wiedererkannt, wenn ich ihn als Kind gesehen hätte. Als er vor fast einem Dreivierteljahr nach Blending Castle kam, war er von einer sehr renommierten Personalagentur in London empfohlen worden."

„Damit fing das Verbrechen an", schaltete sich Inspektor Pommery wieder ein. „Diese Empfehlungsschreiben waren gefälscht. Von dem Anwalt Bugs Cravett. Baines Vanor ist vor zwei Jahren aus Australien nach England zurückgekehrt. Er wußte von seiner Mutter, wer sein Vater war, und er wandte sich an Bugs Cravett, damit der seine Rechte als erstgeborener Sohn des Lord von Blending durchsetzen solle. Cravett witterte ein fettes Geschäft und brachte alle nötigen Papiere zusammen, die Heiratsurkunde, die Scheidungspapiere, die Geburtsurkunde. Sogar einen Brief von Ihnen, Mylord, an Jane Vanor. Wir haben ihn in Cravetts Kanzlei gefunden. Und dann hat Cravett davon erfahren, daß Sie das Testament ändern wollten."

„Richtig", bestätigte Lord Blending. „Ich hatte Sir Ashley Shane geschrieben, daß ich einige Änderungen vornehmen wollte. Das war vor einem Jahr. In der Zwischenzeit habe ich es immer wieder verschoben." Er schaute Sir Alfred an. „Ich wollte einige Sicherungen einbauen, daß mein Sohn

Alfred das Erbe nicht verschleudert. An den Sohn aus meiner kurzen ersten Ehe habe ich, ehrlich gesagt, gar nicht mehr gedacht."

„Cravett hat daran gedacht. Er hatte seine Spitzel überall", sagte Pommery.

„Er sah seinen Plan in Gefahr. Außerdem hatte er Baines immer wieder Geld vorgestreckt und wollte nun endlich Ergebnisse seiner Bemühungen sehen. Daher hat er die erste Gelegenheit genutzt, ihn als Butler auf Blending Castle einzuschleusen, so daß er an Ort und Stelle nachhelfen konnte, Sie, Mylord, zu beseitigen, um dann selbst seinen Anspruch anzumelden. Dies wäre ohne weiteres möglich gewesen, da er formal der älteste Sohn von Ihnen ist, Sir."

„Inzwischen ist das Testament geändert", sagte Lord Blending. „Ich verstehe nicht, wie ich an die Wirksamkeit des Spuks glauben konnte."

„Zuerst war es der Schock, Mylord", antwortete Pommery. „Und dann wurden Ihnen vom ersten Tage an kleine Arsenmengen verabreicht. Baines hat sie unter das Essen gemischt. Das hat Ihre Gesundheit so sehr geschwächt, daß auch Ihre geistige Stabilität ins Wanken geraten ist. Zumal dauernde Arsengaben schließlich auch wirklich den Geist verwirren, so daß Sie an den Spuk geglaubt und Ihr Schicksal für unabwendbar gehalten haben."

Der Türklopfer hallte durchs Haus. Wenig später erschien Webley, der neue Butler, ein junger Mann mit vorspringendem Kinn und langer, spitzer Nase. Er meldete Dr. Shaver. Gestützt auf seine Söhne, begab Lord Blending sich auf sein Zimmer. Pommery erhob sich und schaute sich um.

„Es hat mir hier gefallen“, sagte er. „Trotz allem.“

„Sie sind immer ein gern gesehener Gast“, erklärte Lady Margaret.

„Sind Sie sicher, daß Sir Alfred ebenfalls dieser Meinung ist?“ Pommery schüttelte den Kopf. „Wissen Sie, daß ich mir über die Existenz eines Sohnes aus dieser dubiosen ersten Ehe Ihres Vaters keineswegs sicher war? Es war nur eine Vermutung. Als Baines mit seinen Schuhen, an denen roter Lehm vom äußeren Beginn des Geheimgangs klebte, hereinspazierte, wußte ich, daß er der Pfeifer war. Aber er hätte auch im Auftrag von Sir Alfred spuken können. Die unglaubliche Ähnlichkeit, die Baines mit einem von Lord Blendings Vorfahren besitzt, hat den Ausschlag gegeben, ihn als alleinigen Täter zu entlarven. Manchmal muß der Zufall zu Hilfe kommen, um ein Verbrechen zu klären.“

„Auch eine These von Edgar Wallace?“ fragte Lady Margaret lächelnd. Pommery nickte ernst: „Natürlich, Mylady.“

Sie begleitete ihn zur Tür. Sir Alfred kam die Treppe herunter und sagte: „Dr. Shaver meint, Vater habe die Konstitution eines Ochsen. Wollen Sie uns verlassen, Inspektor?“

„Ich nehme an, Sie sind nicht traurig darüber.“

„Niemand ist gern Mordverdächtiger. Übrigens hat mein Vater meine monatliche Zuwendung erhöht, und Margaret und ich sind übereingekommen, Blending Castle nicht zu verändern. Wir haben lediglich die Einstiege der Geheimgänge vermauern lassen.“

„Eine gute Idee“, bemerkte Pommery. Er stieg die breite

Freitreppe hinunter. Als er sein klappriges Auto durch die grüne Hügellandschaft von Middleton lenkte, summte er vor sich hin.

„Ich glaube, ich werde in Zukunft auch Kriminalromane lesen“, hatte Sir Alfred Gladstone ihm nachgerufen.

Ebenezer Pommery hatte ein paar ganz bestimmte im Auge. Aber er würde erst wieder in seiner kleinen Wohnung am Hyde Park dazu kommen. Vorher wartete der Papierkram in seinem Büro in Scotland Yard auf ihn; der Fall mußte zu den Akten gelegt werden. Pommery seufzte – doch er war recht zufrieden. Mochten seine Vorgesetzten auch gelegentlich über seine Methoden lästern, sie hatten sich wieder einmal als wirksam erwiesen.

Blending Castle versank hinter ihm. Er drehte sich noch einmal um und schaute unwillkürlich zum Westturm. Stand dort jemand hinter der Brustwehr? Eine Gestalt mit einem Dudelsack?

Ich bin überarbeitet, dachte Ebenezer Pommery. Er blinzelte. Der Turm war leer. Pommery gab Gas und fuhr schneller.

Ende des ersten Buches

CIP-Kurztitelaufnahme der Deutschen Bibliothek

Gilmoor, John:
Edgar Wallace löst das Rätsel,
John Gilmoor. – Menden: Kibu.
1. Der unheimliche Pfeifer von
Blending Castle. – 1983
ISBN 3 88101 700 3

5750 Menden 2 / Sauerland
Einbandgestaltung
Werner Ahrens und Rainer Willingstorfer
Printed in Germany